# 氷の自叙伝
## 崔勝鎬詩集

韓成禮 編訳

思潮社

# 氷の自叙伝　崔勝鎬詩集

韓成禮　編訳

思潮社

装幀＝思潮社装幀室

# 目次

# 氷の自叙伝

崔勝鎬詩集　韓国現代詩人シリーズ②

# 便器

1

夜中に明かりをつけると
丸い壁の便器に落ちている
こおろぎ、
胴体よりも触手のほうが長いのをみると
星を虚しく探っていた詩人のようだ。
泡の夜を泣いていた娼婦のようだ。

2

便器の水　全体が震え

震えの震源点に
彼がいる。
黒い目が波に
面食らって揺れている

おれが起こした波に
おれが襲われて溺死することもあるだろう

3

丸い壁の中でこおろぎが泳いでいる
あちらが彼岸であろう
波の中を泳いでいってあたった瞬間
丸い壁が波を
押し出す

どうするだろう

行くところはすべて丸い壁であり、
行かなければ徐々にからだが沈む時

4

屈原よ
いくら虐げられても死ねない者たちをなぜ苦しめるのか
川の水の中で鏡を持って
立ち上がる大きな水の鬼

生きている時は世の中に逆らい、
死んでからは波に逆らっていた
気概のある屈原よ

おれはしゃれた男でもないのだ
世の中が本来清浄であるのに
おれだけが汚れていると考えるから

5

丸い壁の底の
穴は
いつでも飲み込めるよう準備を済ませ
時を待っている
誰も死の反対側へ櫓を漕ぐことはできないのだ

穴の中へ入るのはいいが、
どうしてこんな長い日々を
怯えて
ぐるぐる回りながら入ってゆかなければならないのか

6

便器に蓋をすれば
こおろぎの絶望は完成する。

丸い壁にかぶせられる丸い蓋
私はこおろぎを救ってやらなかった。

子宮の穴と墓の穴とが
口を堅くつき合わせて
一塊
丸く四角い監獄を作っている
なんとも言えない、
妊娠から埋葬までの道たちが
丸い壁の中で崩れ落ちる
巨大な便器の監獄の中で死んでゆく
私を救ってくれるどんな人の手も拒否してきたから。

# 馬鹿聖人に対する記憶

——痴聖人は神聖ささえ全く忘れてしまった馬鹿聖人、大痴聖とも呼ばれる。その馬鹿聖人と一緒にならなら、私たちもちょっと馬鹿になって雪のかたまりを背負って来て井戸を埋める楽しさを果たして享受できるだろうか、空地に雪の寺院を建ててその大仏殿に大きな雪だるまを入れ、高く座らせることもできるだろうか？

私の思いの炎では到底燃やすことができず
明らかにできない
虚空からこんこんと大雪が降った。
分からないことは分からない方がいいと

それでこそ心が少し平和になると
熱い思いの火鉢にも零れ落ちるように大雪が降った。
見るのが難しいビラの人々が現われ
路地の雪を片付け
私もシャベルを借りに
雑貨屋に行った
一面、雪の世界だった。
こちらを片付けると
あちらが増えて
それでも雪をあちこちに片付けねばならなかった。
これこそゼロからゼロを汲んで
ゼロを埋めることではないのか？
そんなけちな疑問は馬鹿聖人には
起きなかったはずだ。
シャベルを返しに
雑貨屋に行った。

路地と
路地以外のところも
一面、雪だった。
おびただしいごみである雪のダミー。
天が私たちに
ごみを片付けなさいとそれほど多くの雪を降り注いだのか？

# 栓

葡萄酒瓶のコルク栓、
マンホールのふた、
貯水池の水門。

私は内面の秘密の穴を開けることで、全宇宙が零れ落ちてくる扉の開く時間を待ってきた。しかしその穴はいつも頑固な栓で塞がれている感じだった。集中力で栓を見ることはできたが、抜くことはできなかった。栓は他でもない頑固な私だったのだ。「栓を抜かないで！」。その声は怯えた私の声でありながら同時に魔王の声でもあった。

栓を抜かなくても、結局死が栓を抜いてしまうだろう。扉の開く時間、魔王も退いて、葡萄酒のように、開いた貯水池のように、私は零れ落ちるだろう。その時はうずくまった内面が限りなく開かれて、すべての星を包みいだく暗い風呂敷になるか。破れた風呂敷、底の抜けた風呂敷、穴以外には何もない風呂敷、内面と言うには面もなく中もなく底もない……。

しかし死が来るまで、内面の栓は相変わらずめりこんでいるだろう。東洋人は腸が長い。口から肛門までの道、その道はどれくらい長くて丈夫かは知らないが、口には栓がなく、尻の穴にも栓はない。鼻の穴も同じだ。栓はない。目、耳、脳天、そのどこにも栓がないのに、どうして私の内面には抜いてしまうことのできない臍のように栓がきゅっとめりこんでしまったのだろう。

# 缶詰め

私は死んだら喜んで腐ろう。
大地には肥やしが必要だから。
雲は私の幾升かのつゆが必要だから。
しかし生きては
私の前に果てしなく開かれた時間の干潟を
足の裏で歩いて出ねばならない。
大地は私の肥やし、
雲は幾升かのつゆを肥やしに注いでくれるから。
しかし今、私は部屋
すべての扉が固く閉まった夜岸の

壁の中にいる。
天井の上を騒々しく走ったネズミたちが
死んで腐っていくのか何日間か
天井に縁を広げながら染みがつき
ハエのクソとネズミの小便とクモの巣で
ごっちゃになった天井が、私の魂を陰鬱にする。
商標が派手な缶詰め
つゆに浸っている缶の中の死骸の固まり、
ちょっとやそっとの味付けではもう
この味は変わらない茹でた死骸の味ではないのか。

# 綿雲

私は雲の崇拝者ではない　私の家系には雲の崇拝者はいないけれども祖父が雲を頭に載せて歩いて亡くなり、祖母は雲を頭に載せて歩いて消え、母は雲を頭に載せて歩くうちに年老いた　白い髪の毛と野菊の上に降りる霜、去年よりさらに額を蒸す夏が来て、集まっては散らばる私の業としての図体とその重さも分からないまま、私は綿雲を載せて歩いていく宝石に結晶しない苦痛の場末で今年も麗しい花が日と月を頭に載せ咲いて散る　クマゼミの鳴き声がぱったりと止めば、また秋が来るだろう

# 堆肥

文明と私の関係には誠意がなく、倦怠感を感じる。
それでも別れはない。
自動車、コンピューター、携帯電話、それらの広告の大騒ぎの中で
私の避難先は無心、
それでも疲れと敵の中で老ける。
昨日はあごひげに白いものが随分増えたのに気づいた。
これは自然の妙用で月日が流れているという証拠であり
私がいつかは消えるという消息である。
私は江原道で死にたい。
北春川のウドゥボルで

ぼんやり眺めたその陽炎、
香りとしては少し
疎ましかった堆肥の臭い、
山河大地の堆肥の山で肉身が二つに分かれる時
その時はミミズのようにじめじめした考えも
春の空の陽炎によってけだるく醗酵するのだろうか。
太陽が工兵隊の長い垣根と畦の上をころがっていった
北春川
ウドゥボルのあの陽炎
隣の白痴娘も
堆肥の臭いの中で訳もなくよだれを垂らして
静かな村を真昼のお化けのように、 にやにや笑って歩き回った……

# 百万年以上くすぶった露

露を渡る
キリギリスの後足に
露がかかった

露を渡る
キリギリスの
後足に露がかかる

露を
渡る
キリギリスの後足に

露がかかりますね
天の川を渡るキリギリスの後足に露がかかります

露を渡る
キリギリスの
後足に露が
かかる

露を渡る
キリギリスの後足に
露がかかりますね

露を渡る
キリギリスの
後足

# 自然

流れ出て
恍惚な喜びに濡れて流れ出るのかも知れないが
目のつぶれた蛆たちが流れ出る腐った死骸

砂利畑の鯉は
苗に横になって
腐っていく
ぽかんと開いた口が吐き出す
静寂の熱気、
もうもうと漂う悪臭と

鯉の骸骨の上で
燃え上がる
太陽

踊る
シヴァ（Siva）のように
アオバエが炎天の日差しの中を飛んで来る
フーと吹く母、
死骸を破壊して
うごめく蛆たちを解き放つ
アオバエのセックス、屍と糞と卵
太陽はその上で
私たちの死ぬ時
眩しい視線を集めていく

# 午後の土佐衛門

曇った
水
の中で何日か
ネクタイをしたまま
深い眠りに落ちていた模様だ
ワイシャツに泥水が入った
老いたタニシの殻のような目、
締まりなく開いた口が
あの世のほほ笑みを流して
革ベルトは太った腹部を力いっぱい締めている

勃起は終わった
勃起による彷徨、焦燥、息切れ、そして
空しさも終わりになった
鼻面についたタニシの子が見える
両腕は垂れている
思いがけなくタダでたくさんの食べ物に出会ったように
ヒトデ、タガメ、ゲンゴロウ、ミズスマシたちが
午後の土佐衛門に寄り集まった
彼らは足を動かす
彼らは小さい口でかみちぎろうと努力する
何時になっただろうか
タニシの子が
鼻の穴の中に入っていく

# 眠るだけの人生

一日も人生である
ところが三日間ずっと眠りっぱなしだった。
全天下の苦しみをすべて忘れたまま
わらで編んだ犬のようにありとあらゆる無駄な夢を見ながら
眠ってばかりいた。
夢の中の
三日間、
それは果たして時間だろうか。
自分の一代記の映画を巻き戻し
何度もじっくり見るように

疎ましさを堪えて過去の日をまじまじと見た。
過去の日というのは
絶対である。
改め直したり上塗りしたりすることはできない。
腐ったため息、
空のやかんが焼けるにおいを漂わせ
四日目の夜には
体を巨人のように起こしてから
うんざりした影のような自分を振り払った。
それからぐいぐいと
水を飲み干し始めた。

# カブ

土がないのに
なんと！
カブの頭に花が咲いた。
放っておいたらこんな妙なことも起こる。
ベランダのビニール袋の中に押し込んでおいた
江華島産のカブ五つ、
一つは冬の夜に丸ごと食べたし
もう一つは真っ黄色の花を咲かせ、
残りはどうなるか分からない。
カブは腐りながら生きている。

春はやはり活気に満ちている。春が来れば
ビニール袋の中も大自然が主宰する
宇宙的事件が起こる。
蜜を吸いに来る蝶もいないのに
ぐにゃぐにゃした屍が恍惚の恋愛を夢見るように
カブに花が咲いた。
それは本当にもう！

# 古くからの家風

雀が五羽ほど
早朝、雑貨屋の前に降りた
お菓子の屑やエビセンでも啄ばんでいるのか
誰が何と言っても雀は楽天家、
腐ったもち米を食べてもそれほど悲観しない
仙骨道風とは言えないが
気分良く暮らして簡潔に死ぬのが
雀家門の
古くからの家風

# 望月寺のカラス

高い所の紅葉が絶壁の下に下山中だ
望月寺は険しい寺、
カラスが大仏殿の屋根の上にとまっていた
まるで古い業の死骸清掃夫をやめて出家したように。

山奥深く隠れたカラスたち、
仏陀の頭よりさらに高い所にとまって
ぱんと開けた秋空と
車が曲りくねって這い上がる南漢山城、
ガソリンの臭いの中でごった返す

人々の日曜日を眺める

カラスたちがまた音もなく姿を隠す。
誰かが腐った死骸を供養しても
もうあの黒い世捨て人たちは
固くなった肉をかじりはしないだろう。

# 黒猫

ゴミが私たちを出会わせた。
晦日の夜、闇でこしらえたような黒い霊物、
猫は毛を立て歯を剝き出し
ゴミ袋の横で私を睨んだ。
その眼孔の光彩、
物質だけで言えば
古い皮袋である私を見透かして
業で言えば
膨れた汚物の固まりである私を見透かしながら睨みつけた
神秘的な光彩、

燃え上がった火の目玉、
物外のことは止めて
言ってみればそうだ。
ビニールが裂けて汁が流れる
ゴミ袋のそばにいた猫の目つきが忘れられない。
私たちはもう一度
ゴミの臭いの中で出会うだろう。
私は持っていたゴミ袋を投げつけた。
退いた黒い霊物、その後のことについては
今は別に言うことがない。
例えばじめじめしたゴミの力で膨れた
猫の家族の近況、
幼いものに汚物を食べさせる
大都市の飢えた話、
進捗のない私の暗い夜
晦日の真実などは

さて、
次にでも話すことができるだろうか。

# 名付けることのできないもの

1

世の中の
すべての石が
私の墓碑になり
露一つ一つに私の瞳である刃があるだろう

2

二十二歳でコンジ川の横の線路で
トギルは死んだ。

本当に死んだのか。今の私のように彼も一時は
唇の皮を動かしながらものを言った。拳も強かった。
針金の糸のギターが好きだった。
彼はこの国で何にもなれなかった。
線路の周りのあちこちに散らばったトギルの体、
漂う名前だけが残った。もう今は
トギルに
どんな名前も付けられないのが現実なのだ。
よりによってトギル古物商
緑のブリキの垣根、その向こうの
柳はたけなわだった。
空には根がない。
空王には水虫がない。
もちろん足の指もない。けれども私は歩きながら
トギルが見ることのできなかった風景を見る。

# 四月、黄砂、風

東洋人は破壊されない。
手帳にそう書いて、すぐ破いてしまった。
黄砂の影響だろう。
砂ぼこりの風が心をやたらに揺さぶって
引っくり返したのだろう。

ファン記者は内モンゴルへ取材に行って来た。
紺の色調の写真の中で
風と砂が力強く動いている。
群れをなして移動する羊の群れ、

オートバイに乗った遊牧民、
そして曇った丘越しの虚空の薄暗さ。

東洋人は破壊されない。
私は破壊された東洋人だ。
ソウルの真ん中でなぜそんな思いが浮かんだのだろう。
アメリカの影響だろう。
それとも蝶の夢の中の長酒
のためかもしれないという話。

# 偽の木三本

地下鉄駅の改札口を抜け出れば
偽の木三本、
大きな植木鉢に入って立っている。
木の姿で
木の葉その色で、である。
落ち葉は見えない。

偽の木三本から落ち葉が散れば
剥製になった鳥たちが
マネキンの頭の上を飛ぶだろうか。

背中にピンの刺さったカミキリムシたちが
地下鉄の線路の上を群れを成して飛んで来るだろうか。

四六時中、戦闘警官たちが不動の姿勢で立っている
景福宮駅のエスカレーターは頻繁に故障が起きる。
逆回転に備えて
頭を下げて
エスカレーターに乗って上がり
エスカレーターに乗って下ってくる
頭を下げた崔昇浩氏と出くわす。

私の姿、私の服、
偽の木に取り囲まれた庭師崔昇浩氏も
手にカバンを持っている。
カバンの中には多分、傘と
『チベットの知恵』が入っているだろう。

# 雲

雲に引っかかって倒れる人がいる
そんなに多くの人を罠も仕掛けずに殺して
雲が静かに夏の昼間を流れる
見よ！　大きなじゃがいも模様の雲
鮫に似ている雲もある

雲は倒れることがない
倒れた人々を越えて
雲が昼と夜を流れ
南大門市場にごった返した人波が

今日は東大門市場で騒々しくざわめく

服、多くの服、服屋の店員たち、
一つの体を包む布地があり
流れる雲の下に数多くの服がある
裸にならず人々は皆服を着て歩き回る
しかし雲を引っかけたまま横になっている
赤裸の人を見たか
この世の服ではないので
死に装束は値段が高い
旅行客に死に装束を着せて
長い旅に出るのかも知れないが
のろい葬儀車からはもう
雲の匂いが立ち上っている

# とぼけ

じっとツツジの花を見ているのだが
太った老婆がツツジの花を折っていく
そして吐き出す痰と唾

痰と唾が歩道のブロックと地下鉄駅の階段、
歩道橋の上にも甚だしく付いている時
私は注意深い歩行者になる
どうやってこの痰と唾を避けていき
どうやってこの紛失した痰と唾を主人に返すか

昨日は目の前で大便をする猫が
私を正面から眺めながら最後まで大便をするのを見て
昨日は猫まで私を馬鹿者扱いするのかと思った
偉大なる恥ずかしさは消えた、図々しさが
ビニールと痰と唾といっしょに随所で光っている

しかし荘厳な宇宙を成してからも
造物主は創造の恥ずかしさのため隠れているが
その方まで図々しくなれば
全宇宙が痰と唾の固まりになる

# 紐

未来の死骸たちが横断歩道を渡った
カバンもだぶだぶしながら渡った
多分、カバンが渡れるように
彼らを雇ったのだろう

血痕が生じればゴムタイヤが消す
白い紐模様の横断歩道
誰かが平たい犬に鍋の蓋のような帽子をかぶせ
犬をひきながら渡って来る
マリー！

ああ！　マリーという犬

私は常に未来に引っ張って来られたようだ
何かが良くなるような、
しかしあまり良くなったもののない
今日、
マリー！
マリーは引かれていく
長い毛で二つの目が遮られたまま
頭には鍋の蓋のような帽子をかぶり

どうも不確実な人が垂らした
紐
その端に
全身をぶら下げて
ああ！　マリー

# マンシュウマス

ソウルで私は夕方を失ってしまった
スタービルから大きなネオンの星がきらめけば
宵の口だ
夕方の薄暗さも夕やみもなく
すでに発狂する街、発狂する看板の明かりで
目に眩暈が起きる
水晶体が少しずつ破れる感じのする時もある
目から熱が出る時
マンシュウマスを思う
目が太陽のように赤くなった時

目医者が赤い目を引っくり返して眺める時
お医者さん、
私の目が売淫窟のように赤くなりましたか。
それとも肉屋の明かりのように赤いですか。
目から血の膿を絞り出す時
包帯で球のような眼球を押さえている時
マンシュウマスを思う
冷ややかな谷で目を冷やすマンシュウマス
その静寂なる深い谷間から
何も知らずに浅いソウルに下って来るのなら
マンシュウマスよ、君の眼孔から
赤い煙と煤煙の切れ端が噴出するだろう

# 瀬

少なくとも
その白髪の頭は
汚物でいっぱいの頭蓋骨とは違った
アオサギが
一羽
水辺に留まっていた
千の指が休まずに
弦のない琴を速く弾くように
瀬が流れていた
私は観客だった

熱い聴衆だった
目は眩しい瀬を見ており
耳は瀬の歌を聞いていた
瀬のほとりには山が殻を剝いて生まれた卵のような石が多い
さざれ石、砂、
骨が赤い土ぼこりになって飛びちる歳月でも
常につんぼの砂利に聞くなら聞けと
砂利畑を見下ろしながら私は言う
瀬が歌王だ、止むことはない
そうでなければ全身を吐き出すようにゲエゲエいう
アオサギが歌王なのか

# 灰の上の野バラ

日暮れには恐竜たちは頭をあげて
不吉な何を眺めていただろうか
貯炭場の石炭の山はかつて
羊歯植物たちの森だった
中生代の灰燼！
無蓋貨車はうず高く石炭を積んで
炭鉱地帯の浅黒いレールを通り過ぎる
鉱夫の弁当と
居酒屋からの老いた女の歌と
陸橋を下ってきた鼻垂らしの子供達を私は覚えている

野バラは流れていく
線路の周りに咲いていた
それは被写体ではなかった
心は写真機ではなかった
私はしばらく歩みを止めた
野バラという言葉が浮かび上がる前に
野バラはあった
それは分析の対象ではなかった
私は香りのする一輪の人間ではなかった
憂鬱に私はまた道を歩いた
その後にも二十年を重々しく私は歩いて来た

野バラはどうなっただろうか
まだ灰が飛びちる線路の周りに
傾いて咲いているのだろうか、それとも今は

心の片隅の浴槽ほどの海水で風呂に入る
裸の野バラ、
陰鬱な内面を刺し続ける幼い野バラに変わったのだろうか

黄砂の風が吹いて土ぼこりの落ちる夜に
私はこの文を書いている
実は最初
初めの行はこうだった
野バラは中生代の朝焼けを連想させる

# テレビ

空という無限画面には
雲のドラマ。
いつもリアルタイムで生放送で進行する。
演出者が誰かは分からないが
彼は恥ずかしいのか
全然顔を現わさない。
今度の夏の主人公は
台風ルーサではなかっただろうか。
ルーサは碑石と墓を崩し
久しぶりに骨は泥の山から抜け出して

赤い川水に跳びこんだ。
不滅に向かう叫び、
鳴き続けたクマゼミたちが消え
紅葉が高い峰から下る。
私は天性の怠け者で
誰ともよく付き合えない人間なのか
山好きな人々に止むを得ずについて行っても
小川のほとりでたった一人でぶらつきたい。
誰が恥もなく捨てたのだろうか。
ぽっかりと殻だけ残ったテレビが
何か面目のない傾いた絵のように
岩だらけの小川の片隅にめりこんでいる。
空のテレビからは
休む間もなく
冷ややかな秋の水が流れ出る。

# 雨の分類法

小麦粉をねり固めたものを弄くり回す
両手が固まりにくっついて落ちない時の感じを
食虫植物に付いてふにゃふにゃしていた虫たちと
粘性の魔性に当惑した男女はすでに
充分に感じたのではなかろうか
ウェディングドレスを着た
硝子の中のマネキンたちはひととき
ぶよぶよした漆くいの固まり、
頭蓋骨ががらんと空いて本能の除去されたそれらは
包帯にくるくる巻かれた背の高いミイラを思い浮かばせる

マネキンとコンクリートと鉄筋の都市で
物質的にこねって脹れ上がりたい雨、
服に染みて肉に触れながら
分泌される私の体液と入り混じる雨、
それを果たして誰かの雨と言わねばならないのだろうか
体液に入り混じった雨水は私の物なのか
雨水に入り混じった体液は雨の物なのか
大雨が零れ落ちる
雨ごいの祭りをおこなう人々でさえ
土佐衛門にしてしまう勢いで
浴びせかける大雨、染みこむところがなく急増して
あちこちの街に群がって入る水、
その水をあえて彷徨する水と分類する必要があるのだろうか

# 中生代の骨

真品恐竜大展覧会には観覧客たちがうごめいている
恐竜の卵、化石を経て
巨大な骨、
鋼鉄の支えの鉄とともに組立てた骨たちは
崩壊されていない古い鉄橋のようでもある

物々しいがしまりのない骨たち
その間を
まだ筋肉の付いている人々が歩き回る時
骨を背景にして家族写真を撮っている時

天井高くかかっている
あの空の頭蓋骨は何だろう

かみちぎる強い歯もなく
時間は
肉食でも草食でも
すべての皮と筋を取り外して
五臓六腑を掻き出して血を乾かしたものを
私はティラノザウルスの骨の前で見ている

靴を引きずりながら歩き回るほど
歩き回る私の骨が透けて見える
真品恐竜大展覧会、
蒸し暑い展示場の外に出れば
三成洞の通り、ひるがえる旗と木の葉

中生代の風は
眠って再び起きるのみ
姿のない無色の怪物のように死にもしないのか
通りに風が吹く、 さわやかだ
まだ私の額には眉毛が付いている

# 空き地の牛

両手で角を引っぱれば
山の力が感じられた牛
涙を滲ませたまま売られた牛
屠畜場の白熱燈
肉屋の赤い灯り
そして馬場洞肉市場の肉の固まり

天が空き地にあまねく明るい夜に
月明りをかじる白い牛を想像してみる
どんな垣根もない空き地は

乳牛牧場と違って
十牛図から抜け出て来た牛たちが一、二、三、四、五
六、七、八、九、十段階をすべて忘れ
牛を求める人や
逆に牛に乗って笛を吹く人も忘れ
ただ空き地にいっぱいな月明りをかじって
しかし部位別に値段の違う牛は
パズルのようにばらばらに分けられた後に
どこに売られるのか
モウ!
モウ!
狂牛病にかかった牛たちが狂ったと知らずに
ブルドーザーの後について泥の窪みに
各々を埋めに行く光景が突然どうして思い浮かぶのか

# 鳩の壁画

きらめいていた氷柱が消えた
その代わり
建物の壁には
長続きするもの
簡単に消せないものが現われた
それはだんだん長く下に降りていっている
粘り強く流れて下がり固くなるカオスのようなもの
糞の力はそうだ
無秩序に
自然な壁画を作り出す

冬の日の鳩たちが
壁の隙間にうずくまったモグラのように日にあたりながら
いかなる意味もなく排泄物として描かれていった薄白の壁画を
春の日のベランダで
私は眺める
都会の鳩は鳥類ではなく
ハリネズミの属するネズミ科の動物に近い
鳩たちはもう森の中に帰らないだろう
道で残りものをつついて
足の指が潰れても
アスファルトで羽がゴミに変わっても

# 夜

油皿の火がぼんやり揺れ
土の壁に私の曲がった影はゆらゆらする
灰の後の消息を私に伝える
灰の舌
灰の歯
灰の喉がお前にないということを

その無消息を
伝える夜の長い土の風音

# 雷

顔の焼けた泥色の人々が、前だけ眺めながら
道を行く。これは創世記に戻った顔たちなのか。亀裂の
時代が終わって、またぶよぶよした泥の塊になり、生気を
鼻に受けねばならない死んだ霊たちの帰郷なのか。
稲妻は焼けた泥色のひびわれた顔たちをこなごなに砕くように
きらめき、雷はボイラー筒の古い静寂を揺るがして
ゴーンゴーンと鳴る

# 大きく見開いた目

君と出くわす前は
人生はそれほど驚くべきものでも寂しいものでもなかった。
君が私に槍を投じた時
銛に突かれ空にあがく魚のように
目を大きく見開き
世の中は驚きの煌めきを帯びるようになった
死を抱いて陽射しをより強く
死を抱いて暗闇をより荒く
そして見慣れなさを
さらに見慣れなく感じさせる

回復期の患者の鏡、
鏡の中の骸骨よ、
君と出くわす前は
人生はそれほど驚くべきものでも寂しいものでもなかった。

# 雄牛

あいつは雄牛だ。
眉が濃く
金玉は大きく
頭には鬼の角がそびえている。
あいつは雄牛だ。
鼻の穴が噴出する鼻息は
蒸気機関車の蒸気のように激しく
脚は橋の脚のように丈夫なのに
なんと、まあ！
雄牛がどすんと横になった。

がりがりにやせた屠畜人の前で
図体の大きな雄牛が横になった。
横になり
あがいていたが
屠畜場の天井に向って黒い泣き声を吐き出して
ほら、雄牛が立ち上がる。
斧と角の衝突だ。
違う。
斧と急所の衝突だ。
雄牛は涙ぐんでいる
大きな目を見開いたまま死んでいく。
あいつは雄牛だ。

# 泣き声

骨が皮を押し上げる老いたものが
毛が抜け
縮こまったまま
やせこけた腹の皮をゆすり動かし
激しく息を切らせる老いたものが
鎖にえりくびを縛られたまま
吠え続ける
吠え続ける
吠えることもあまりなかった老いたものが
やがてあごが落ち

歯まですべて抜けてしまう病を患った老いたものが
吠え続ける
吠え続ける
教会堂の鐘の音がガランガランと鳴り
とりわけ大きくて明るい金星が輝く夜明けに
老いた犬の突然の吠え声は陰鬱で悲しい
オオカミの泣き声に変わってしまう
真っ黒なオオカミの泣き声が
夜明けの空を真っ黒に濡らしてしまう

# 大雪注意報

津波のようにうねる白色の山々、
一台の除雪車も来るはずのない
深く白い谷間を埋めつつ
大粒の雪の勢いは吹きすさび、
小さな炭の塊のようなものが短い羽をばたつかせ……
ミソサザイ*が吹雪の中へ飛んでいく。

道に迷った登山客がいるように
人里離れた山里の道を断ち切るように
銀河が降り注いで飛んで来るように飛びかかる雪、

争って押し寄せる力強い吹雪の軍団、
吹雪の吹く白色の戒厳令。

小さな炭の塊のようなものが短い羽をばたつかせ……
飛んで来る、乱暴なミソサザイが
急いで厠に身を隠す。
どこかに怖い目をしたトビ*でも潜んでいるというのだろうか。

道に迷って飢えた山の獣がいるように
積もった雪の重さで松の枝が折れるように
争って押し寄せる力強い吹雪の軍団、
エゴノキ*とその実を煮る、ぽつんと離れた一軒家の煙突に
津波のようにうねる山と谷に
吹雪の降る
白色の戒厳令。

＊ミソサザイ＝スズメ目ミソサザイ科、羽長約五センチほどの非常に小さい鳥。
＊トビ＝ワシタカ科の猛鳥。
＊エゴノキ＝「斉敦果」の字を当てる、本来オリーブの漢名、エゴノキ科の落葉小高木。

# ある精神病者の孤独

彼は外に出る時、部屋の中からドアをノックする。より広く閉じられた空間に開かれるドアを彼は見ているのだ。世の中から疎外された者、ノックする権利を持った存在、すなわち、人間であることを主張するために彼はノックする。しかし、果たして餓鬼地獄でも生き残った人々と、円満に交わることができるかどうかを常に心配し、覆面を被った人々を恐ろしがっている。彼はとても善良だ。他人に少しでも害を与えないように、ドアを壁にして、コツ、コツ、コツと、繊細にドアをノックする。だから彼は外に出ていく方法を持たない。彼は一人でそのように、錠の掛かった精神病院で死んでいく。

# ？

これは何だ。
地図のない死海から這い出て
苦海に歩いていくあの胎児のようなもの
セイウチのようでもあり
尻に糞の一切れが付いている人のようでもあり
何かと言うのが難しい　無人称の時代だから
無人称が存在し始めている
神も今や無人称
名前を呼ばない方がはるかに神に近い
無人称に混ざる無人称

歩いていく、歯車のすき間を、潰れながら
年を取る、汚いカケラがぶら下がり、重くなりつつ
やられ、壊れながら、歩いていく。ひっついてくる泡を
引き離そうと、じたばたしながらまた死海へ
苦海であれほど地団駄踏んだのにまた死海へ

# 世俗都市の楽しみ 1

一流の俳優が演じるには
困るセックス・シーンを
端役の俳優が代行する
スクリーンに鶏の丸焼きのように
裸で投げ飛ばされる女
顔のない肉体で売り回されながら
官能を羽ばたかせる

で、映画館の闇の中に
私、観客がいる

幻で満たされてくる欲情と
幻が引き起こす興奮がある
目の前の時間が
切り刻まれたまま流れるフィルムであり
虚ろなスクリーンの上を揺れ動くものが
幻だと分かっていながら、私は幻に酔い
本当のように繰り広げられる幻を最後まで見る
私の網膜のスクリーンが空になるまで
眼から出た舌が滅びるまで

# ゴキブリ一家

消費者の欲望をいつでも
満たし——消費させてくれる自動販売機に
ゴキブリ一家が住んでいる
娼婦たちの中にその主人の家族が住むように
彼らの肌は潤っている　穴が
お金を呑み込んで始まる赤い灯の朝
コーヒーとミルクの香りは温かく
砂糖と夢は無限に
そして最後のコインの落ちる音のあとに
夜が来る　夜の静けさは

夜の眠らぬ欲望によって裂かれる
ゴムホースが
娼婦の膀胱から伸びる尿道のごとく
水筒にしがみつき、紙コップにお湯を注ぐ
自動販売機にゴキブリ一家が住む
そのさまざまな家族たちの持つ愛の限界を
我々もまた持っている

# 退屈に解体されていく人生

括約筋が垂れ下がる道を
私は降りていく
排泄さえ、長い待ちの時間と忍耐によって苦痛となる
退屈な老いの道を過ぎ
泥沼に下る
重々しい棺

墓、浄化槽。
臭いのする固まりを割って抱きつつ落ちる
便器の滝

私は崩れながら流される固まり、
どろどろの固まりとなって流されるが
中心はない
小さくは欠片で固まったまま
大きくはとても大きな固まりとなって
掻き集め、付け加え、膨らますよう苦労するが
その中心にも中心はない
私は中心のない固まり、
すべての欠片がばらばらに散らばってしまう
その日に向かって滑り落ちる
汚い痕跡を残しつつ
見えない底に向かってのたうち回りながら

# 発酵

腐敗していく心の中の巨大な貯水池を
私は発酵させようとする

私は十分に腐りながら生きてきた
古参の官僚たちは宿便を私にひっかけ
私は低い者として
恥辱を自分のものとして受け入れた
この地に臭いところのない者がいるだろうか
泥沼の底であざの出来た顔が腐っていく時や
濁水の上に浮かぶ時にも

私は沈黙して
その悲しみを自分のものとして受け入れた
私は一時すでに死んだとか
毒薬を飲む歳月で胆嚢の病を患う者として
泣き叫ぶことの代わりに苦い泡を噴いただけだ
問題は自ら心に蓋をして汚物を拒否すればするほど
汚物がさらに増えたという事実だ
遅ればせながら私はその蓋が粗い網であったことに気づく
ムルワン貯水池*という立て札が私の心の片隅に刺さっている
私はその貯水池を見たことがある
長い日照りの続いたある日、
土ぼこりだらけのバスのガラス窓を通してちらっと見た
ムルワン貯水池に行く道端にあった立て札
その貯水池に
水の法律が、ムルワンの道理が
今でも循環しているように願う

その貯水池に莞草を掻き分けて回るアシナシトカゲ*たちが
舞うように生きていることを願う
そして水と泥の巨大な練り物から白い葦の花が咲き
鯉たちが舌鼓を打ちマガモの群れが飛び立つ
発酵する息吹きが躍動していることを
私の心にも伝えてほしい

*ムルワン貯水池＝釣りを楽しむ韓国人なら誰でも一度は訪れると言われるほど有名な貯水池で韓国の京畿道始興市の物旺洞と山峴洞の境にある。（訳者註）
*アシナシトカゲ＝アシナシトカゲ科の爬虫類

# 蚕

　蚕たちは隠修者だ。自縄自縛の白い洞窟に入り扉を閉じて静かに身を隠す。ひとりで身をすくめるさなぎの時に存在の変貌は始まる。細胞が再び配列されても存在しなかった翼が創造される。この神秘的な変貌が夢の力なく可能だったただろうか。ある日、白く清い朝の顔が洞窟を開いて出てくる。壊死のように苦痛だった錬金術の長い夜を過ぎ、ようやく天の民の羽ばたきが始まるのだ。外から穴を開けてくれる蚕の王はいない。蚕たちはいつも自ら壁を破らねばならず、しかも内側から破らねばならないということをよく知っている。

# 蝶

背中に荷物を負って飛んだり、ヘリコプターのように荷物をぶら下げて飛んでいく蝶を、私は見たことがない。蝶は軽い体が一つあるだけだ。体一つが全財産である。そして所属もない。無所有の軽さで彼は飛び回る。花は彼の居酒屋であり、葉は雨宿りする彼の寝所なのだ。彼の生はひらひらと飛ぶ踊りであり、踊りの終わりは彼の死である。彼は老いて死んでいきながらも望むことはない。望むことがないので死ぬ時にも彼は自由である。

# 砂漠の青トンボ

砂漠に行ったことはないが、砂漠の青トンボ、と白紙に書いてみる。砂漠の求道者は、昼には喉が渇く、砂漠の夜は寒い、と書いてみる。ラクダもなく砂漠を独りで歩く人は、砂の風が吹くたびに寂しい、砂漠で扉を探す人は愚かである、扉を探す人がまさに扉だ、と白紙に書いて読んでみて、それを消さない。

# 馬羅島*の馬一頭

風の強い日、馬の横に立って、海を眺めていた。茫洋たる大海、遠くで虚空と海がぴたっとくっつき、互いに離れない水平線をなしていた。

煙の立つ小さな船が落ち葉のように何隻か通り過ぎ、馬は頭を上げたまま、何を見ていたのだろうか。おそらく、馬は足を踏み入れることのできない広い泥沼を眺めていたのだろう。そして、自分が離れ島に閉じ込められていることぐらいは、その大きな馬の頭でも分かっていたのだろう。

午年の生まれだったからだろう、私は馬の悲しみを悲しんだようだ。天の橋から落ちたような馬の大きくて正直な目を見て、馬鹿のように胸が痛んだのだ。

その馬の大きな目、風に舞い上がる素敵なたてがみ、気品を失わずにいた馬の孤独、その馬の姿が今でも目に見えるようだ。

＊馬羅島＝韓国の済州島の南に位置する島。（訳者註）

# クモの巣

虚空で裂けてはためくクモの巣

夕暮れになって
軒の陰にのっそりと戻った
老いた鬼蜘蛛が独りで
死んだ

虚空が鬼蜘蛛の大きな墓だ
虚空が鬼蜘蛛の大きな子宮だった

裂けたクモの巣に降りる
陽、朽ちた
月の光

結ばれる白い夜露

# 氷の本

著者の名はあるが、著者の肉体のない詩集を読む。そこではなく、ある日、著者は時間の穴に吸収されるように消える。それから再び現われない。

地上には相変わらず彼の名のついた本がはためき、誰かが氷の本を読んで彼の目つき、彼の微笑み、彼の長くて細い指を記憶する。

消えること

消えることで著者は永遠に文を書く人になる。消えない文字に肉体を漬けて、彼は古いコートのように消えるのだ

文字に滲んだ彼の血、彼の息吹き、時に氷の本の中から笑い声が聞こえてくる。彼はまだ氷の中で生きているのだ

文字に肉体を漬けて永遠に存在する？　文字も永遠ではない。氷の本は文字とともに溶けてしまう。

# 氷の自叙伝

私は氷の学校へ通いながら氷になってしまった。世の中は冷凍工であった。父、先生、独裁者、神に至るまで氷の生産に熱心だった。氷結で固まった二十歳以降は涙腺さえ凍りついた。私は氷の城であった。白い氷壁を巡る孤独に氷の自我を通した。誰も私の中に入って来られなかった。愛の炎さえ私に触れれば消えてしまった。氷壁の時間の中で、家族たちは私のことをどう思っただろうか。傲慢だと言いはしなかったものの、そう思わなかっただろうか。氷の洞窟の氷の斧、私のひげだったツララ、氷結の歳月を長らく私は生きてきた。氷河期として記録するだけの価値ある自我の歴史！

# 文字

白紙の上の文字が、白紙に穴を開けるように離れているとしても、白紙と分離されたのではない。文字は黒く生じた白紙である。

言葉の場合もそうだ。沈黙に穴を開けるように力強く話をするとしても、言葉が沈黙と分離されているのではない。言葉は噴き上った沈黙である。

私は世界のすべての文字が消える穴を眺める。

# 男の乳首

聖人たちのことを考えると
泉のような乳房が想い浮かぶ。
幼い世界に
乳を含ませようと
彼らは来たのかもしれない。
しかし、誰の乳であるかによって
組に分けられて
貶し合うと予見しただろうか。
魔王の子供たち、
友好的だが敵対的な。

今日、乳頭のわきに
針金のように生えた一本の毛を見つけた
永久に膨らまず
何の役にも立たない乳首がどうして
二つも
釘の頭のように
私の胸についているのだろう。

# 文法

先生のあだ名は骸骨だった。引っ込んだ目をして椅子に座り、文法を教えたりした。突き出た頬骨、骨ばった指、陰険な咳の音。年々皮を剝いで干した三百匹ほどのヘビを食べるという噂にもかかわらず、先生は長引いた肺の疾患で亡くなった。私たちは、椅子に端正に座った先生が死に入ってゆくのを見守った。「文法をきちんと守れ。君たち、だれも文法から自由になれはしない。例えて見れば、文法は刑務所長であり、お前たちは囚人なのだ。」遺言ではなかったが、先生はこの話を残されていった。先生がこの世を去っていつの間にか三年が経った。先生がいないのに、どうして私は文法を守ろうと苦労しつつ文を書いているのだろう。片手に棒を持ち、私のノートをめくりながら宿題の検査をした、先生の大きな山ぶどうのような目が、鮮やかに想い浮かぶ。

# 水の本

水の本には
何も書かれていてはならない。
透明でなくてはならず
開いた瞬間、指の間を
水はすり抜けていかねばならない。
水の本は
闇が来れば明るくならねばならない。
私は水の本で
足でも洗おう。
それも仕方ないことだ。

私は水の本で植木鉢に水をやろう。
それもいい。

# 水の自叙伝

折れた葦の先が水に触れて
震えつつ、ただ一画だけを水の上に書くのを
何の意味かも知らずに眺める。
水の清い秋の水路
葦の影は水の下でぶらつき
流れる水は何よりも
自叙伝なんかには興味がなさそうだ。
水は硬い表紙もなく流れてきて
最後のページもなく流れていくだろう。
宝石で宝石を洗うように

水模様で水模様を消すように
流れていく水を
何の意味かも知らずに眺める。

# カラスガイ*

時に漁師たちは、針を呑み込んで引き揚げられる重たい淡水貝を見る。黒くてつややかな石のように、水を切って湖の底から上がって来るカラスガイのことだ。よくイガイとも言われるカラスガイは、淡水類の中でもっとも大きなイシガイ科の貝であり、貝殻の長さは三十センチに達する。カーボンの釣り竿を弓のようにたわませ、道糸をいっぱいに張りながら岸辺に引き揚げられたカラスガイは、火照ったところに置かれる。これは何だろう。焼きつける日差しの中でカラスガイは、気味の悪い沈黙の塊、いかなる石とも異なって、腹に一物あるような何かである。よだれを垂らすイガイのだしぬけな出現で人々はしばらく畏敬の念に包まれる。それで十分だ。カラスガイは再び湖の真ん中に投げられる。どぶーん！　水面を揺らして、それは直ちに湖の底に沈む。

＊カラスガイ＝烏貝、イシガイ科の二枚貝。

# 塩蔵

塩蔵は
線路幅の狭い列車も
荷車を引いていくラバ*も
見えない丘に斜めに立っている。

夕焼け色の毛布のような塩生植物を踏みながら、丘の扉のない塩蔵の中に頭を突っ込んだとき、あなたを塩どろぼうのように追い出したのは倒れゆく塩蔵を守ってきたクモ。
クモの巣を完成するため、古いトタン屋根の下で門柱の周りをクモは徘徊するしかなかったのだろう。ねばつく糸を足先にかけてクモの目で測量もしてみながら、クモは一人でよろめいたであろう。幾何学的な虫取り網、クモの巣は一時は役に立ったが、今はごちゃごちゃに破れた穴であるのみだ。自分が編んだ巣に足を縮めて寝る、とても古いほこりだらけのクモ。

首にくっついたクモの巣を毟り取りながら
あなたはぞんざいに捨てられた塩田地の上を歩くこともできるだろう。
その後には
塩に漬かった長い静寂や
これ以上飢えのない
塩蔵の幾何学者——死んだクモが残る。

*ラバ=騾馬、雄ロバと雌馬の間の混血種。馬より小さく繁殖不能。

# 石の引き出し

真夜中、窓を誰かが激しく叩いていた
開けた
人ではなかった　雨風が激しく吹き荒れ
窓を閉めると再び誰かが
激しくあわてて窓を叩いた
遠く闇の深いところまで
のぞき見ている時だった
見えた　ひと群れの毛虫が
真っ暗でどろどろな闇の向こうから
どす黒くうごめきながら迫っていた

不幸が私たちを互いに
身近にしたようだ
岩窟の中のザリガニと
石の引き出しの中の精神病者と
私が鬱症の時代に互いに
近くなっていくようだ

このように健全な私
私を電気ショックで治療する
私の担当医は刑事だ

恐ろしさに震える顔がある
ますます固くなる空気の中で
私が一匹の北魚*に変身すると
呻く化身妄想の顔がある

夜だ　窓の外に虎の目の夜が波打つ
夢が夢路を行くのは
標的たちが槍に向かって進むのに等しい
私の中で巨大な北魚が泣き叫ぶ
北魚が槍に向かって進む
標的たちが槍に向かって進む　血を流しながら
標的たちが槍に向かって進む
こう書く　夜だ

私はまだ狂っていない
窓の外から睨む背の高い毛虫は
日が昇れば再び青く光る木々に変わるだろう

＊北魚＝スケトウダラの干し物、干し明太。

# 足跡

聖なるある本は象の足の裏のように脳波をやたらに踏みつけて過ぎ去る。

練り物がまだ固まっていない時代に、誰かが柔らかいコンクリートを踏んでいったのは確かだ。誰かが過ぎ去った。しかしそれが誰なのかは確実ではない。太陽と風で長く乾燥して、今や変形するのを拒むコンクリート床のデコボコで硬くなった足跡。

そんな足跡と違って、砂漠のスナネコの足跡は流れる砂の上に押される。流れては消えてしまう足跡、半砂漠地帯のスナネズミの足跡も、やはり流れる砂の上に押されては散らばってしまう。

孤独な話者はこのように言うかもしれない――雪だるまは長い道を歩いて来た。とても長い道をひとりで、足跡もなく……その北極の雪だるまがまっ暗な真夜中にオーロラの光彩を発しながら溶けてしまう。

# 砂人間

ある百済王の革帯は
タマムシ*の殻で飾られているという
その前に頭を深く下げている文武百官と
宮女たちと民たちがいただろうが
消えてしまって
百済王も消えてしまった

砂人間はかつていなかったし、これからも存在しないだろう。砂になった人間は多いが、砂でできた人間はいない。砂はよく固まらない。砂は散らばる。砂は流れていく。砂が千切り取ったようにへこんだミイラはあるが、砂でこしらえた胎児はいない。砂漠に暮らす砂ネズミもそうだ。砂になる砂ネズミは多いが、砂でこしらえた砂ネズミはいない。砂で終わる肉体、砂から再び始められずに砂になって流れていく肉体、これ以上割れないほど小さく割れて砂漠を流れていく風に吹き回される、これ以上肉体と言えない肉体、さまよう砂、漂流する砂、嵐に巻き上げられ、虚空から虚空へ群れをなして飛んでいく砂、誰のものでもない、誰の骨でも、誰の肉でもない、

残ったのは革帯と
タマムシの殻に流れる銀河、
四月の黄砂は
ゴビ砂漠から飛んできて
タマムシの殻とささやく

＊タマムシ＝タマムシ（玉虫）科の甲虫の総称。また、その一種。

# 軋む食卓

あなたの骸骨を器にして
元暁*のように水を掬い飲む人は果たして誰だろう

木の椅子が解体されればいくつかの木切れになる。それで新しい家を作り木の上に載せることもできるけれど、そうしたとしても木切れが森の香りを吹き出すわけではない。根と断絶した後に、木々は扉、材木、下駄箱、丸い鏡の枠、字板、さらには血で赤くなるまな板や棺になりもした。

貝汁を飲んだ後
食卓に沢山散らばった貝殻、

満腹の後の空虚な思い。

食卓の脚はカバの脚のように四つである。それらが食事を支えてくれる。脚が軋ると食事の全体——器、スプーン、食欲、食卓カバー、これらすべてが揺れる。長く軋む食卓では食事の崩壊事件が起こるかもしれない。しかし食事の大崩壊は食欲から起こる。今までに食欲はものすごく増加した。大食家の食卓に置かれた地球の塊、舌が巻き取って食べる地球の片隅に軋む食卓がある。

百合はそれぞれ
自分の皮に
白色の音楽を作曲してから死んだ。

*元暁＝韓国の三国時代、新羅で生まれた最大の仏教思想家であり社会指導者。

# カニ

夕焼け色によく煮えたが、カニの味は夕焼けの味ではないだろう。大きな皿の上のカニは初めに背中の殻が剝がされる。ほとんど空になった中部、カニは砕け、破かれ、きざまれ、暴かれる。後で見れば何か変なゴミの塊をほじくって食べたように殻が散らばっている。

解体されるために生まれた存在の中で
カニよ、
お前が一番見た目にきれいだ。

四月の邊山海水浴場の古い旅館、砂の穴から這い出たコメツキガニは、砂を食べる。二つのハサミで砂を掬い上げて口に、底の抜けた口に入れ砂を刻むように食べるのだ。それで海辺には二種類の砂がある。コメツキガニが食べる前の砂と食べ終えた後の砂。砂の食事を終えれば、コメツキガニは穴に入る。穴の家である。その家には孤独のみ。

砂の家：哺乳動物の胎児を包む薄い膜、羊膜／砂の家の水：羊膜の中のどろりとした液体。胎児の発育を手伝い、出産の時流れて出る。羊水／私たちは砂の家から出て砂の穴に埋もれる人々、生きている間カニをほじくって食べるのに困ったり落日で顔が赤くなったりする。

# 干し明太

夜の食料品店
長く積もった埃の中に
死んでから一日さらに手垢がつき
とんでもないことにもう一日待っている
干し明太たち、
干し明太たちの一つの分隊が
並んで串に刺されていた。
私は死が貫いた頭のことを言ったのである。
一クェ*の舌が
砂利のように皆コチコチになった。

私は言葉の便秘になった人々と
墓の中のオシのことを言ったのである。
干乾びて潰れた目、
干し明太たちのパリパリしたヒレ、
棒のような思い
光らない棒のような人々が
胸に生き生きとしたヒレをつけて
泳いでいくところのない人々が
可哀そうだと思う瞬間、
いきなり
干し明太たちがとても大きく口を開き
ほら、お前も干し明太だろう、お前も、お前も
耳が遠くなるほど叫んでいた。

＊クェ＝韓国で干し明太二十匹を数える単位。

# 灰

石炭を積載した蓋のない貨車が走るレール越しに、貯炭場がある。巨大な灰の墓、風で石炭の粉の煙が立つ。それらは散らばる。それらは風で吹き飛ばされる。黒い風、はためく黒い作業服、坑夫が動いている。しばらくして、今度は坑木用の丸太を積載した蓋のない貨車が通りすぎる。それは遠ざかる。それは消える。黒い風が吹いている。貯炭場の炭の粉がレールを越えて夕方の谷間に落ちる。

駅の待合室はがらんとしている。長いベンチ、列車の時刻表、鋸屑のストーブから鋸屑が燃えている。それはこぼれ落ちる。それは灰になる。その灰の色は石炭より明るい灰色である。

# 水平線

地を枕にして空を見ていた
弥勒の石の頬が
薄赤くなる夕暮れに

臥仏が足を伸ばした向こうの
長い水平線は
残光を煌かす大きな刀のように伏しているだろうか

私たちが生まれる前にあり
私たちが消えた後に存在するもの

水平線は一つの不死身の視線である

私たちは限界の中で生き、無限の中に死ぬだろう
それでは少し悔しくはないか
私たちは無限を享受し、限界の中で死ぬだろう

# ドラムを打つ男

誰がこんなに皆食べてしまって
骨だけ残したのか
私の感情の堆積
意識と無意識の堆積も
何かがきれいに食べてしまう日があるだろう
その時私には
この骨が私だ！と言える舌が残っているだろうか
砂の上に寝転ぶ骨
激しい炎が過ぎ去った後に
黙々と掻き集めた火葬場の遺骨も

まさにこの白い色だった
砕いた後は*
水煙のようにやわらかかった粉骨
ありふれた多くの石碑
苔生す仏塔
納骨堂の鉄製の骨壺
しかしこの砂漠には石碑の一つもない
復活への意志で砂の固まりを蹴り上げて
起き上がるミイラがいない
静かな
骨の棒
ドラムを打つ男を思う
頭を反らして四方に振りながら
輿に乗ってドラムを打つ男
肩甲骨、腕の骨、膝の骨を揺すり動かして
空っぽの禿げた骸骨をやたらに揺さぶりながら

砂漠で独りドラムを打つ男を思う
ズンチャッ、ズンチャッ。

＊砕く＝韓国では火葬後に遺骨を砕いて粉にする。

# 老いたマネキン

死んだ魂たちの街で、老いたマネキンを私は見た。きらめくガラスの中に、燃え盛る騒音の中に、物質の限りない増殖の中に、年の分からないマネキンがいた。煉瓦、石膏、鉄筋など、それらは物質のカルマからいつ抜け出すのだろうか。壁の誕生日、石膏の墓、鉄筋の復活する場所を私は知らない。

死んだ魂たちの街で、老いたマネキンを私は見た。不動の姿勢で、虚ろにこわばった表情で、沈黙するマネキンの顔には皺がなかった。大笑いも、こぼれる涙もない歳月をマネキンは生きたのだ。果たして生きたのか。私たちが仕事の中で老いていく時、マネキンもモデルたちのように服を羽織る職業の中で老いていかねばならなかった。私たちが欲望の人質のように年を取っていく時、マネキンも商店の人質のように孤独のうちに老いねばならなかった。

人が神様の形象なら、マネキンも神様の形象で老いていく。マネキンの工場で生まれたマネキンたちは、死んだ魂たちのこの街、物質が限りなく増える街で、老いて捨てられるだろう。禿げたマネキン、首のないマネキン、マネキンはすべて裸で捨てられる。その誰も悲しまないマネキンの死、マネキンの死に装束が、マネキンの棺が、マネキンの共同墓地がどこにあるのか、知りたければマネキンに訊いてご覧。

# グロテスク

　私は語る。あってはならない死に対して……。ある日私は、地上に私一人だけ生き残ったことに気づいた。氷河期が地上のすべての血を凍らせてしまったのだ。万一、私が人間であったら内臓まですべて凍りついたまま凍死しただろう。しかし、私だけは例外だった。凍って死ぬどころか、吹雪くたびに太っていくような感じだった。そうでなくても太った体に雪片がくっついて、私をもっと太っちょに作り上げていた。

　屋上の太っちょの孤独、そうだ。鳥肌が立つような恐ろしい孤独が氷河期にあった。見下ろせば、街はがらんとした白い洞穴のようにひっそりとしていた。マネキンが飛び出て泣き叫ぶような寂寞たる街。騒音も騒乱もなかった。誰一人も存在せず、犬一匹もいなかった。みんな死んだのに、私一人だけ見物人のように残っていてもいいのだろうか。まるで、地球の終末に関する長い報告書を作成しなければならないある憂鬱な宇宙人のように、ビルの屋上で毎日のように、望遠鏡も雪眼境もないまま、氷と雪に埋もれた文明の廃墟をあきるほど見守ること、あまり生き残りたくもなかったが、生きている者の役割とはこういうものだ。

時間は氷とともに固まってしまったのか。屋上から眺める時に、少なくとも人間的な時間は終わりになったように見えた。変化を駆って来る時間などは存在せず、過去は氷に固まった現在であるのみだった。

流れて行くものもなく流れて来るものもなく、あらゆる事物が固まってとどまる世の中のある頂きで、私は何をしなければならないのだろう。終末の現場検証に必要な唯一の証人として、ずっとこうして塩柱のように凍りついたまま、氷結した線と面と固まった角度と構図を、限りなく観察しなければならないのか。

むしろ私が画家であったら、この荘厳な雪景色をほぼ白い絵の具だけでカンバスに描き込むことができただろう。しかし才能のある画家であったとしても、今は絵を描く心境ではなく、筆一本もない。絵の具もない、観客もいない、何もない。事情がそうなのだ。私は屋上から降りることができないのだ。

昨日は一日中吹雪が吹いた。すでに消してしまった世界を、完璧に踏みつぶそうという勢いで、ガラスの欠片のような大雪が果てしなく飛んで来た。空も地もなく、ただ吹雪だけが見えた。虚空にふわっと浮き上がった感じ、なぜか不安だった。下が見えないから墜落するようだった。私の眠った間にビルが崩壊するのを…… 目眩の中で自殺のようなそんな考えをした。私一人だけ死ぬこともできず、氷河期に不滅の存在のごとく残っていろ、という法がどこにあるのか。これは惨たらしい刑罰だ。屋上は私の監獄、そうではないか。

もしかしたら存在する理由とはこんなものかも知れない。監獄のために私は存在する。そして私のために監獄が存在する。おかしな論理だが、少なくともこの論理はとんでもなく孤独で暗澹とした私の現存よりは、おかしくなく非論理的でもない。理論に頼って生きねばならないとしたら、おかしな理論をたくさん作って、不安な人々を少しでも安心させなければならない。もちろん自分勝手に作るのではあるが。

存在理由、もっともらしい言葉だ。糞袋が頭の中に入っているタコのように、理由は頭の中で作られ、タコの足のようにお前たちを動かした。お前たちはすでに皆凍って死んだので、存在理由は私一人だけの問題なのだ。しかし、私は存在理由があるとしても動くことができないではないか。塩柱のように不動の姿勢で固まった私に実際、理由は何の役にも立たない。ない方がましだ。考えはそうだが、理由がないと不安になる。まさにこの点がタコと私の違いのようだ。タコは存在理由が分からずとも動くが、私は動くのに理由が必要であり、それがなければできるだけ動かないのだ。動くこともできないくせにこんなことを言うなんて！　私も頭足類に生まれるべきだった。頭に足が付いていて結局、胸が省略された頭足類という話だ。

夜だ。満月が広い氷の都市を照らしながら昇る。がらんとした建物ごとに満たされた闇。今や最後の老いたあの幽霊も、どこかで凍って死んだようだ。毎日教会の屋根に、瓶のような姿で現われては消えたのだが、今日は見えない。分からないことではあるが、たぶん自殺したのだろう。氷河期の幽霊こそ凍った道で長く彷徨せずに勇断を下し自分の首を切る瞬間、顔を投げつけて鏡のようにこっぱみじんに砕いて初めて、迷いから目覚める道が開かれるだろう。立派な忠告のようだ。誰に対しても忠告したことはないが、憶えておくに値する言葉をやっと言えたようだ。救援の終わった夜、地上には救援される人がいない。屋上に救援を受けられない私一人が残っているが。望みはただ死であるので、この氷河期に救援の問題はケリがついた。聞く人は一人もいないのに、どうしてこんなにつぶやくのか。春が来るのはまだ先のことだからである。春が来れば私は死ぬことができ、話を止めることができる。それでこのように夜の屋上で、孤独だけが私の骨だと思いながら、川が流れて鳥たちがさえずる遠い春をひたすら待っているのだ。

# 出典一覧

詩集『大雪注意報』一九八三年
缶詰め　大きく見開いた目　雄牛　泣き声　大雪注意報　干し明太
詩集『ハリネズミの村』一九八五年
石の引き出し
詩集『泥牛に乗って』一九八七年
ある精神病者の孤独　？
詩集『世俗都市の楽しみ』一九九〇年
便器　世俗都市の楽しみ1　ゴキブリ一家　退屈に解体されていく人生

詩集『壊疽の夜』一九九三年
発酵
詩集『雪だるま』一九九六年
クモの巣　氷の本　氷の自敍伝
詩集『余白』一九九七年
文字
詩集『グロテスク』一九九九年
栓　男の乳首　水の本　水の自叙伝　カラスガイ　偽の木三本
詩集『砂人間』二〇〇〇年
塩蔵　足跡　砂人間　軋む食卓　カニ　灰
詩集『何でもないのに全部である私』二〇〇三年
馬鹿聖人に対する記憶　綿雲　堆肥　百万年以上くすぶった露　自然　黒猫　雲　とぼけ

紐　マンシュウマス　灰の上の野バラ　テレビ　雨の分類法　中生代の骨　空き地の牛　鳩の
壁画　水平線　瀬

詩集『ゴビ』二〇〇七年
ドラムを打つ男

詩集『蛍の保護区域』二〇〇九年
蚕　蝶　砂漠の青トンボ　馬羅島の馬一頭

詩集『北極の顔が溶ける時』二〇一〇年
名付けることのできないもの　グロテスク

詩集『アメーバ』二〇一一年
夜　文法

詩選集『ジャコメッティと老けたマネキン』二〇〇八年
老いたマネキン

## 第四十七回「現代文学賞受賞詩集」収載作品　二〇〇二年

午後の土佐衛門　眠るだけの人生　カブ　古くからの家風　望月寺のカラス　四月、黄砂、風　雷

# 崔勝鎬（チェ・スンホ）年譜

一九五四年　江原道春川に生まれる。編物工場を運営した父、チェ・ミョンス（崔明洙）と、母シン・ジョンオク（申貞玉）の長男で、兄弟は二男三女。

一九七五年　春川教育大学卒業。その前、春川教育大学部属小学校、春川中学校、春川高校を卒業した。

一九七七年　月刊『現代詩学』に「ビバルディ」ほか二作を発表して文壇デビュー（全鳳健詩人の推薦）。江原道旌善の華東小学校、舎北小学校などで五年間教師として勤める。

一九八二年　『大雪注意報』ほか四十八篇の詩で〈今日の作家賞〉受賞。ソウルへ移住。以後、高麗院、民音社、世界社などの出版社で編集者として勤めながら詩専門季刊誌『現代詩思想』、子供の雑誌『民音童話』、文芸季刊誌『作家世界』を創刊。

一九八三年　第一詩集『大雪注意報』を民音社から刊行。

一九八五年　詩集『ハリネズミの村』刊行。この詩集で〈金洙暎文学賞〉受賞。

一九八七年　詩集『泥牛に乗って』刊行。

一九九〇年　詩集『世俗都市の楽しみ』刊行。この詩集で〈恰山文学賞〉受賞。

一九九一年　詩選集『告解文書』刊行。
一九九三年　詩集『懐疽の夜』刊行。
一九九五年　詩集『月見草に対する瞑想』刊行。この詩集は二〇〇九年に『蛍保護区域』で再刊行。
一九九六年　詩集『雪だるま』刊行。
一九九七年　詩集『余白』、散文集『黄金毛獅子』刊行。この年から十年間環境団体の〈環境連合〉から発行する月刊誌『一緒に暮らす道』の編集主幹を担当する。
一九九八年　散文集『達磨の沈黙』刊行。
一九九九年　詩集『グロテスク』刊行。この詩集で〈大山文学賞〉受賞。
二〇〇〇年　詩集『砂人間』、環境生態詩選集『犀は死なない』、散文集『ぶよぶよした本』刊行。
二〇〇二年　「馬鹿聖人に対する記憶」ほか七篇の詩で〈現代文学賞〉受賞。
二〇〇三年　詩集『何でもないのに全部である私』、絵本『誰が笑ったの』刊行。詩「テレビ」で〈未堂文学賞〉受賞。キューバのハバナやメキシコのメキシコシティとメリダで詩の朗読をする。
二〇〇四年　絵本『カバのイロハ』と『私が作る物語本』刊行。アメリカで環境生態詩選集『*Flowers in the toilet bowl*』(Homa & SEKEY Books) 刊行。

二〇〇五年　『言葉のあそび童詩集1』、詩選集『氷の自叙伝』刊行。スペインで『何でもないのに全部である私（*Yo que soy nada, lo soy toda*）』（Editorial Verbum）刊行。ドイツのベルリンとライプツィヒで詩の朗読をする。
二〇〇六年　『言葉のあそび童詩集2』刊行。アメリカで鄭玄宗、金芝河、チェ・スンホの作品をまとめた環境生態詩選集、『*Cracking the shell*』（Homa & SEKEY Books）刊行。
二〇〇七年　詩集『ゴビ』と童詩集である『ペンギン』、『言葉のあそび童詩集3』、絵本『穴』、『謎イロハ』刊行。フランスで『大雪注意報（*Alerte à la neige*）』（Editions Autres Temps）刊行。
二〇〇八年　『言葉のあそび童詩集4』、詩選集『ジャコメッティと老けたマネキン』刊行。詩集『ゴビ』で〈加川環境文学賞〉受賞。スペインのマドリードとマラガで詩の朗読をする。
二〇〇九年　崇実大学文芸創作学科で講義を始める。
二〇一〇年　詩集『北極の顔が溶ける時』、『言葉のあそび童詩集5』刊行。アルゼンチンで『氷の自叙伝（*Autobiografía de hielo*）』（BAJOLARUNA）刊行。スペインで『グロテスク（Grotesco）』（Huerga & Fierro）刊行。
二〇一一年　詩集『アメーバ』刊行。作曲家バン・シヒョクと『言葉のあそび童謡集』刊行。
二〇一三年　詩集『虚空を走る犀』、『言葉のあそび童謡集2』刊行。ベネズエラで開かれた第十回国際詩朗読祭で詩を朗読。東京国際ブックフェアに招待され詩を朗読。

# 崔勝鎬の詩世界と仏教的想像

洪容憙



## 1　はじめに

崔勝鎬は一九七七年「現代詩学」に「ビバルディ」、「冬の夜明け」、「沼」などの作品が推薦されてデビューして以来、三十年を越えた今日までに、『大雪注意報』（一九八三）、『ハリネズミの村』（一九八五）から、『氷の自叙伝』（二〇〇五）、『峠』（二〇〇七）、『北極の顔が溶ける時』（二〇一〇）に至る、十三冊の詩集と数冊の散文集、童話集などを相次いで刊行し、活発な創作活動を繰り広げてきた。

（＊崔勝鎬の詩集を発行された順序で整理すれば次の通りである。『大雪注意報』（民音社、一九八三①）、『ハリネズミの村』（文学と知性社、一九八五②）、『泥牛に乗って』（民音社、一九八七③）、『世俗都市の楽しみ』（世界社、一九九〇④）、『壊疽（無化）の夜』（世界社、一九九三⑤）、『蛍の保護区域』（世界社、一九九五⑥）、『雪だるま』（世界社、一九九六⑦）、『余白』（ソル、一九九七⑧）『グロテスク』（民音社、一九九九⑨）、『砂人間』（世界社、二〇〇〇⑩）、『何でもないのに全部である私』

（悦林苑、二〇〇三⑪）、『峠』（現代文学、二〇〇七⑫）、『北極の顔が溶ける時』（プル、二〇一〇⑬）などがある。この論考ではここに挙げられた作品番号およびページ番号で参考文献を表すことにする。例えば『大雪注意報』の中で20頁から始まる詩は（1:20）で表記する。）

崔勝鎬の約三十年に渡る詩世界を総括すれば、その中心にある本質は、自分自身はもちろん、自分を含めた世界の貪欲と執着で汚れた「苦の練り筒」（「死人」）からの自由と解脱による出口探しとして捉えられる。このように、苦痛の実存から宇宙生命の開かれた自我を追求する崔勝鎬の詩の世界は、仏教の代表的教理にあたる四聖諦、すなわち苦集滅道から展開する過程を眺望すれば、さらに確実に理解できるだろう。彼の詩の世界は苦しみ（苦）という実相（諦）を直視し、その発生過程の原因を知り（集）、これを滅ぼし（滅）、道理（道）を実践するという転迷開悟の論法から説き明かすことができる。

苦諦と集諦は輪廻転生を続ける凡夫の眩惑された状態である流転縁起にあたり、滅諦と道諦は苦悩の滅に帰った悟りの状態を意味する還滅縁起にあてはまる。崔勝鎬の詩の世界で、このような流転縁起から還滅縁起への転換は、仏教の生態学の要諦である縁起－空－慈悲の思考を通して集中的に展開される。崔勝鎬の詩的な生は、自ら空の世界観を追求することで、縁起論的な相互依存の循環論理とすべての生命を宇宙的神聖性の主体として尊重し敬う、慈悲の実践的な内面化を果たしていく。彼は縁起－空－慈悲の道理から相互依存性－非実体性－相互尊重性という仏教の生態学的命題を実現している。仏教の生態学的世界観は、束縛、監禁、執着、欲望の迷宮から、自分はもちろん周りにある世界の新生へと開いていく詩的方法論として作用しているのだ。すなわち、崔勝鎬にとって仏教の生態学的想像は、自らの詩的な生の救いとともに、代表的な生態詩人としての位置を確保するきっかけとなったのである。

ここではこのような問題意識に基づき、崔勝鎬の詩的な生が、仏教の生態学的世界観を通して実存的自我の監禁意識と世俗的な虚しい欲の塊を切り開きつつ、絶対自由と華厳法界の世界を展開していく過程について集中的に論じる。

## 2　迷宮の実存的な苦痛と苦諦

崔勝鎬の詩的な生は、世界の実相が苦であり満ち足りていないという悲観的な認識に基づいている。彼にとって詩的自我というものは「歪む業の力に押され、果てしなく押されてい」(「果てしなく押されていくこと」4:101)く、不可抗力の存在として認識される。彼の詩の世界が苦の存在論に基づいている点は、第一詩集の表題作であり、出世作である「大雪注意報」に登場した「吹雪軍団」の中に包囲された「ミソサザイ」の存在が、三十三年も過ぎた近年の詩集『北極の顔が溶ける時』に再び登場している様子から、改めて確認できる。

(1)津波のようにうねる白色の山々、
　一台の除雪車も来るはずのない

深く白い谷間を埋めつつ
大粒の雪の勢いは吹きすさび、
小さな炭の塊のようなものが短い羽をばたつかせ……
ミソサザイが吹雪の中へ飛んでいく。

（中略）

小さな炭の塊のようなものが短い羽をばたつかせ……
飛んで来る、気の荒いミソサザイが
急いで厠に身を隠す。
どこかに怖い目をしたトビでも潜んでいるというのだろうか。

道に迷って飢えた山の獣がいるように
積もった雪の重さで松の枝が折れるように
争って押し寄せる力強い吹雪の軍団、
エゴノキとその実を煮る、ぽつんと離れた一軒家の煙突に
津波のようにうねる山と谷に
吹雪の降る

白色の戒厳令。

（「大雪注意報」部分）

(2)夜に
なると
離れた家の
煙突の
そばで
寝る
子供

ミソサザイ。この鳥は貧しい高山族の少年のようだ。夏には高くて涼しい風の中で仲間たちと過ごし、吹雪が吹きすさぶ冬には山の麓の町に避難する。夜は煙突のそばで眠り、昼は食べ物を探しに、町の家々を飛び回る鳥、竈で薪がぼうぼうと燃えあがり、牛の飼料を煮る大釜で馬草がぐらぐら煮える夕暮れの台所で、真っ黒な顔を傾げるミソサザイ。

冬の日は短く、夜は長い。土壁を掻き回す冷たい風に目張りが
音を立てる冬、夜は煙突のそばで寝る子供がおり、離れた家には
いまだに内面のランプを灯す老人がいる。

（「ミソサザイのとても長い冬」部分）

詩⑴の「小さな炭の塊のような」「ミソサザイ」が成長して詩⑵になると「少年」のような「ミソサザイ」に成長したことを見せている。「ミソサザイ」が幼年期を経て「少年」になるまでに三十年余りの年月が経ったのである。しかし、「ミソサザイ」が住んでいる環境はそれほど大きく変わっていない。詩⑴と⑵、ともに空間的背景は深い山の中の一軒家で、時間的背景は冬である。ただし、詩⑴が「津波のようにうねる」「吹雪」の攻撃性を主調としているのに対し、詩⑵は平坦な冬山の風景が主調を形成している。しかし詩⑵の情況ももちろん、ある瞬間詩⑴の場合のように「大粒の雪の勢い」に巻き込まれるかもしれない。一方、詩⑵の「ミソサザイ」の対処方式は、詩⑴と違う。詩⑵の「ミソサザイ」は「吹雪が吹きすさぶ／冬には山の麓の町に避難」をすることができる。詩⑴で描写された「争って押し寄せる力強い吹雪の軍団」によって苦しめられた幼年期の体験的学習があったからである。

「ミソサザイ」の幼年期にあたる詩⑴と少年期にあたる詩⑵をそれぞれ分けて、もう少し詳細に検討すると、先ず⑴の詩的情緒はすっかり驚きの恐怖に覆われている。ここで「雪」のロマンチックな穏やかさや母性性は、徹底的に排除されている。「大粒の雪の勢い」は、たちまち

冬の山を占領する戒厳令の「軍団」として襲撃してくるのだ。「吹きすさぶ」「大粒の雪の勢い」の中で「ミソサザイ」はなす術もない。「小さな炭の塊のようなものが短い羽をばたつかせ」る姿は、世界から横暴に制圧される、幼い命の無気力さをそのまま喚起させる。もちろんこれは「ミソサザイ」の現実的な過ちとはまったく無関係に起こる「古い業」（「果てしなく押されていく」4）の試練である。

詩(2)の「ミソサザイのとても長い冬」では、「とても長い」という形容詞に「冬」に生きる「ミソサザイ」の至難の辛苦が表わされている。「ミソサザイ」の住処は、詩(1)のように「離れた一軒家」である。世の中からの疎外と孤独が生まれながらの条件になっている。「離れた一軒家」の冬の「夜は長い」。ここで「土壁を掻き回す冷たい風に目張り」は一晩中音を立てる。やっと生活をしつつ夜を過ごせるところ、つまり「馬草」が「ぐらぐら煮える」温かさの残る「煙突」に依存するのだ。「昼」が来ると、再び「ミソサザイ」は「食べ物を探しに、町の家々を飛び回る」のだろう。このように「ミソサザイ」にとって生きるということは、死の恐怖を猶予するためにも食べていくことを休みなく受け入れねばならない宿命のことなのだ。

一方、このように「とても長い冬」の強いる外的な監禁意識は、同時に内的な監禁装置が形成されるきっかけとして作用する。外的な苦しみに対する自己防御のため、それとは異なる内的な抑圧の遮蔽幕が作られる。

(1)わたしは鳥籠の抱いて転がす卵、
恐怖の中で自分の殻は厚くなった。
わたしはだんだん石になった。
羽などは問題にもならなかった。

（「待ち」（7:56）部分）

(2)山崩れはなぜ真夜中に
谷間の家々を潰してしまうのか
熊はなぜ村を襲い
山火事はなぜ村に近い山々まで広がってくるのか
真夜中に松明をかざす村の音
真夜中にざわめく村の音

我らはハリネズミの村で
体中に棘の針を育てる
穏やかな人は扉の鍵を掛けて
夢見る中でも、熊に追いかけられるだろう

（「村」（3:80）部分）

詩(1)で詩の話者は、自ら「石」のような硬い「卵」になる。外的「恐怖」が強く感じられるほど「自分の殻」はさらに「厚く」なる。むろん、それは自分を守るための切実な方法であると同時に自分を窒息させる自害の苦痛になる。「体中がまさに壁、厚い／刑務所」（「脱獄」4:79）になっていく状態である。

詩(2)もやはり、村を侵略する外的な恐怖からの自己防御のため、自ら「ハリネズミの村」で武装する場面が表われている。村の人々は「体中に棘の針」を植えつけるが、「夢見る中で」「熊に追いかけられる」恐怖からは、逃げる術もない。「うなされる夜ともがかねばならない真昼の／二重の悪夢」（「傷痕」1:51）の中で苦しめられている。

このように、崔勝鎬の詩の世界は「二重の悪夢」に基づいて展開される。「ミソサザイ」の越冬に対する表象から繰り広げられる、このような生の二重的監禁と恐怖は、人生とは苦しみで満ちているとする仏教の四聖諦の教理、第一の項目である苦諦の詩的な感覚化によって解釈される。苦諦は輪廻転生を繰り返す凡夫の迷いの状態でぶつかる一切皆苦の層位にあたる。この無明の苦悩と煩悩に囲まれた迷界から抜け出す悟界の悟りが要求される。このとき、我々の生の世界では持続的に苦集滅道の四聖諦が共存するため、「俗諦を溶かし、真諦を作る過程」が重要となるのだ。

実際に仏教では、人生は生老病死とともに愛別離苦、怨憎会苦、求不得苦、五蘊盛苦などの重なる「八苦」で悩まされることが本領であると説いている。それなら「とても長い冬」の

「ミソサザイ」に表象される一切皆苦の迷妄を溶かす方法とは何か。このとき苦諦の原因を観察し、正しく認識する作業が何より要求されるのである。

3　欲望の無限増殖と集諦

仏教の基本教理である四聖諦は、苦の実像（苦諦）を克服するため、その原因を糾明する方法論として、集諦を設定している。集諦で把握する苦の主な原因は、無明の迷いの根源にある愛、要するに盲目的な執着と貪欲である。崔勝鎬の詩は、世界が苦のために満ち足りていない原因がやはり「体中が舌のみの深紅の欲望」（「体」）の無限増殖にあることを解剖学的な視線から、冷厳に描破している。彼にとって無限欲望の疾走は、まるで「悪業の体を引っ張りつつ」「休憩もなく、他の道があるという思いもなく」「くねくねと進んで」（「果てしなく押されていく」）（4:101）という姿で形象化される。そのような「悪業」の無限的な循環は、結局自らに危害を加える結果となる。

文明には君の食欲が必要だ
数字と書類の束と
判子を食べ
膨らむ皮のカバン

もはや、君の腹の中には草色の内臓はない
官庁と会社の間で
腹黒い腹の皮を突き出し、息をしながら
君は今や、屠畜の陰謀に加わる
君の数字は
カバンを持った傭兵、
カバンを持った会社員の数くらい増えていく

牛の角の付いた力強い文明よ、
カバンで水牛たちを殴り殺せ

（「水牛皮のカバン」（4:42）部分）

「水牛」を殺して作った「水牛皮のカバン」が、また「水牛」を「殴り殺す」道具になる「悪業」の循環が描かれている。「数字と書類の束と／判子を食べ」る資本主義「文明」の「食欲」が旺盛になればなるほど、皮製のカバンの需要は増えることになり、これが再び生きている「水牛」たちを殺す原因になる。このように「同族殺戮の血が乾かない」（「離れた一軒家」3）悪業の循環が繰り返される原因は何か。それは結局、「水牛」のように「牛の角の付いた力強い文明」の食欲に集中されるのだ。この場合「水牛」のイメージに表象される悪業の由来は、つまり人間の生の肖像でもある。

火葬したハンセン病者の顔を持って
微笑む資本主義の夜に

（中略）

毎晩肉が薄く切られる
包装肉の中の色身

死んだ胎児たちが錆びた自転車に乗り
母さんと呼びながら、赤い海の底を走る夜に

赤い灯、新鮮な精肉店に掛かっている
子供の娼婦の肉の塊

（「赤身」（4:15）部分）

「資本主義の夜」の支配論理の中で商品化された肉体が、「精肉店」の「肉の塊」に比喩されている。「毎晩肉が薄く切られる／包装肉の中の色身」とは、事物化された人間の極端な戯画

化である。もちろん、このような人間の事物化をもたらしたのは人間自身の肉体的な欲望である。「精肉店に掛かっている」「肉の塊」のような「娼婦」の需要が頻繁になるほど、「母さんを呼びながら、赤い海の底を走る」「死んだ胎児たち」の「錆びた自転車」の行列はさらに増えるはずだ。言い換えれば、人間の絶え間なき肉体的欲望が、人間の尊厳性の毀損を超え、人間生命の危害を恣意的に行う悪業の源になっているのだ。

このような状況は「体は小さいが」「欲望は恐竜であり」「いい気になって、自然を蝕んでいた」(「死人」4:108)行為が、繰り返し現れた結果である。これを他の表現で言えば、「空を見上げると、吐き気がする悪業」(「果てしなく押されていく」)の業障に「絡み付いて唸りながら、ばたばたする」(「般若王蜘蛛」4:102)「物質的涅槃の都市」(「物質的涅槃の都市」)で起こった災いである。

今や詩的話者は、「腐敗の力」(「腐敗の力」2:26)に占領された「世俗都市」の中で「世の中が明るくなるか、自分が明るくなるか／このままでは、とても暗くて息苦しい迷宮だと／窒息してしまいそうな迷宮だ」(「迷宮」3:42)と感じる監禁意識に悩まされる。「深く白い谷間」の中に閉じ込められた、幼い「ミソサザイ」(「大雪注意報」)が経験する苦の業報が、「世俗都市」でそのまま繰り返されている。それなら、世俗都市の「苦の練り桶」(「死人」4:108)から抜け出す方法は何か。要するに「幻で満たされてくる欲情と／幻が引き起こす興奮」(「世俗都市の楽しみ 1」4:18)から抜け出し、真の自我を回復させる方法は何か。こういった質問の前で、崔勝鎬は深く徹底した自己無化にあたる「壊疽」(「壊疽の夜」5:16)の世界を見せてくれる。これを仏教の四聖諦の教理に対応させるとすれば、空の世界観を通して迷妄に閉じ込められた流転縁起の業から抜け出し、還滅縁起に入る滅諦の段階に進入することであると言えるだろう。

4　「壊疽」と縁起の循環論と滅諦

「吹雪軍団」に囲まれた「ミソサザイ」(「大雪注意報」)に表象される外的監禁と自己防御の厚い殻によって「体中がまさに壁、厚い/刑務所」(「脱獄」4:79)となった内的監禁、そして世俗都市の貪欲の塊、その中で経験する「迷宮」の監禁が重なり、「私はもう、長い年月を海老のように閉じ込められたまま、護送されてきた感じ」(「広告の貼ってあるバス」4:23)に引き付けられるようになる。それなら、このような監禁と束縛から離れ、絶対自由を獲得する方法は何だろう。換言すれば、「世界にくっ付いてばかりいないで、世界に乗って」(「般若王蜘蛛」4:102)超えていく方法は何であるか。苦の業障が貪欲の無限増殖から始まったことを直視した詩的話者は、今や深く徹底した「壊疽」の世界を追求する。

体中の肉が腐り
体中の骨が崩れて
灰の下の灰に私は帰ろう

今は肉が腐り、膿んでも
手ですべては掻けないが
破裂させられない膿んだ肉身の
酷いかゆみも、その灰の夜には、すっかり治っているだろう

体中の肉が腐り
体中の骨が崩れて
灰の下の灰に私は帰ろう

今は灰の上に座り込み
醜い様で腐っていく体を灰で清めながら
カラスの群れの鳴き声を聞いているが
灰をさらって行く風の夜には、すべて静かになるだろう

私のいないその夜に
泣くことも焼けてしまった乾いた灰を預けつつ

沈黙の夜に私は帰ろう
灰の唇の落ちる
土の夜の中へ

（「壊疽」（5:41）全文）

「壊疽」とは、インカネーション（肉化）されたすべてのものをなくし、燃やして何も残さない徹底的な無化である。詩的話者は、自らとことん自己否定に向かっている。「体中の肉が腐り／体中の骨が崩れて／灰の下の灰に帰る」のだ。「帰る」というのは、本来の自我、すなわち真の自我に回帰することを意味する。それがまさに「肉が腐り、膿み」「膿んだ肉身」を究極的に癒す方法である。詩的話者は「灰の上に座り込み／醜い様で腐っていく体を灰で清める」。今は「カラスの群れの鳴き声」を「聞いているが」、もうすぐ、これさえも聞こえなくなる。「灰の下の灰に帰りつつ」体中の感覚も消えるためである。「私のいないその夜」の世界は、ただ「沈黙」ばかりが存在するのだろう。絶対の無であり、空の世界である。

「灰の下の灰」、つまり「灰」すらも否定される「灰」に表象される絶対の無とは、「無」さえ存在しない「無の世界」を指す。崔勝鎬の詩的な生は「壊疽」を通して、「無一物」と「空」の内面化を追求していく。このように「上にも大きな穴、下にも大きな穴、虚空が自分の中に／あった」ことを自ら体得した時、「袋の底が破れつつ」「黴臭さが溜まって腐ったものたちが／古くなったものたち」（「三番目の袋」2:73）が、すっきり散らばる出口が見つかることになる。

次のように「無一物」を取り扱った詩篇は、このような背景の中から生まれる。

雑鬼たちも老いたら、痕跡なく散らばってしまう。集まった
雑気がまた散らばり、無に帰るという、これが
キム・シスプ*（金時習）の霊魂滅失論である。無に帰るとか
無無に帰るなどと言うが、何があって、
どういう無に帰るのだろうか。無という言葉を、
ちり紙のように散り散りに破ってしまおう。

（「無一物の夜2」全文）

［訳注］キム・シスプ（金時習）＝朝鮮時代の学者（一四三五～一四九三）、朝鮮文学史上初めての漢文小説集『金鰲新話』を書いた。

詩的話者は無まで否定する無を目指している。本来、何もないのに（本来無一物）「何があって、どういう無に帰るのだろうか。」詩的話者は自分に向かって「無」に対する執着さえも捨てるべきだと説破している。

仏教の空の世界観から自我とは、固定された実体ではなく、縁起と実相（縁起論と実相論）、相互依存する循環の産物である。空の非実体性が相互依存する縁起の循環性と相関性を開く動

因なのだろう。縁起論的循環論において、自我とは「何でもないながらも／すべて」(「鏡と眼」11:49) なのだ。自我は宇宙的時空にかけて縁起の「循環の輪」(「循環の輪」8:24) の一つの節であり、集積体だからである。

雪だるまが溶けるというのは
雪だるまが燃えるということ。
燃えるというのは
雪だるまが灰に帰っているということ。

灰が水である
白い灰
さらに白くなれない灰が水である

小川
白い灰が流れる
雪だるまたちが、どんどんと水の太鼓を打ちながら
川に、海に、天の川に流れていく

流れていくということは
帰るということ
帰るということは、どこにも
長く留まれないということ。

（「雪だるまの道」（7:27）全文）

雪だるまの自叙伝である。「雪だるま」は「火」（熱）に遭えば溶けて、灰になる。「雪だるま」の「灰」は「水」なのだ。それで「小川」は流れる「白い灰」であり、「水の太鼓を打ちながら」「流れて」いく「雪だるまたち」である。「雪だるま」が「川に、海に、天の川に流れていく」というのは、「小川」が液体と気体の形質として展開される、宇宙的時空を循環する因縁の実相を指す。最後の連の「流れていくということは／帰るということ／帰るということは、どこにも／長く留まれないということ」と繋がる連鎖的修辞は、数多く互いに重なり、溶けて、混ざり合って（重重無尽）流れる、縁起の諸法実相についての描写の一つとして読まれる。また「どこにも／長く留まれないということ」は、縁起の休むことのない作用と流れを表したと理解できる。

このように「雪だるま」は、互いに異なった体の交代があるだけで、決して消滅しない。「初雪の降る日」の風景もやはり「随分前に死んだ雪だるまが、この地に再臨している」（「初雪の降る日」8:37）と解釈される。仏教で説破する「すべての物事の形象が空のゆえ、生まれることも消滅することもなく、増えもしないし減りもしない。」（是諸法空相不生不滅不憎不感）という道理を喚起させる。最初からすべての存在は、すでに無一物の属性を持っているため、減ったり増えたりすることや、生まれて消滅する根拠がない。

こうして「壊疽」を通して、内面化した「空」と「無一物」の世界に至り、崔勝鎬の詩的な生は「物に溺れた鼠のような霊魂」（「鼠皮のコート」2:82）を救い、「妊娠してから、埋葬までの道々が／丸い壁の中で、滑ってひっくり返る／巨大な便器の監獄の中で死んでいく／私を救い」（「便器」4:56）上げる方法論的な出口を開いていくことになる。彼の『余白』の世界と空っぽの「静けさ」が、実在する砂漠を穿鑿し「彷徨っていた業の塊たちの残骸」（「やまのやま」12:58）を発見する場面は、自ら「空」の世界観の内面化を通して、迷妄の業障から抜け出す様子として解明されるだろう。

## 5　宇宙生命の礼賛と道諦

崔勝鎬の詩の世界は、「壊疽」の方法論を通して「空」の世界観を認識し、「吹雪軍団」の挟み撃ちに遭って監禁された「ミソサザイ」の肖像にあたる個人的な実存と、世俗都市の無限な欲望の塊に監禁された社会的実存の苦痛に満ちた実相（苦諦）から抜け出す（滅諦）、新生の道理と出会うようになる。ここにおいて、彼の詩的な生は、「空」の世界観を自分自身の生の中で内面化し、実践することとなる。これは、仏教の基本教理にあたる四聖諦から苦痛の実相（苦諦）の原因を糾明し（集諦）、それを克服する（滅諦）段階を経て強調される、正しい生活の実践意志（道諦）に相応する。道諦は滅諦とともに、流転縁起を超えた還滅縁起に該当する共通性を持つが、滅諦に比べ実践的態度と意志がさらに全面化される。

「空」の世界観と縁起論的循環論は、自然に森羅万象を敬う慈悲の倫理意識として開かれていく。ここまで至ると、崔勝鎬の詩の世界が、仏教生態学の要諦に該当する縁起－空－慈悲に相応していることが分かる。縁起－空－慈悲の原理を生態学的な概念で表現すると、相互依存性－非実体性－相互尊重性という形で整理できる。相互依存と相互統合性の道理を自覚した時、縁起の因陀羅網はやがて、相互尊重の慈悲の対象として昇華される。縁起の因陀羅網における相互依存とは、それぞれの個体に全体性が進入する相入が起こるということである。したがって、すべての個体が貴重であるということは、すべての個体が全体の重さ（相即）を持つということを意味する。

それ故に崔勝鎬の詩的な生において、道諦の段階に至ると、すべての森羅万象が宇宙生命としての神聖性を持つようになる。彼が一九九〇年代以降、代表的な生態詩人として前面に出てきた背景はこのようなところにあるだろう。彼の本格的な生態詩集に属する『蛍の保護区域』はもちろん、それ以外のいくつかの詩集でも、植物、昆虫などを含めた自然物が、詩的素材と主題的意識として、頻繁に登場する特徴を見せている。

よく目にはつかないが、空っぽの天はあらゆる種で込み合い、
植えもしなかった月見草が、この夏には奥深い山里の村でも咲きました。
落下傘もなしに種が天から降り、月がよく見える道端や丘に根付いて立ち、
明るい月が昇るのを待つ花、かぐわしい黄色い提灯を背の高い茎に
きめ細かく照らしているこのはにかむ花を、月望草の花でなく
月見草と最初に名付けた者は誰なのでしょうか。

（「月見草」（6:21）全文）

「月見草」から「天」の神聖性を読んでいる。「植えもしなかった月見草」が「奥深い山里の村で」咲いた理由は何だろうか。それは種が「天から降り」たからである。「空っぽの空」には「あらゆる種」が込み合っていた。何もしないのに、「天」の無為自然の存在性が現われている。「月見草」は天の顕現である。その点は「月見草」だけではなく、地上のすべての花々にも適用される。地上のすべての存在は神聖な天に仕える主体であり、宇宙の森羅万象の自己組織化の運動が、天の運行原理から形成されるという認識である。華厳仏教の「一つが全体であり、全体が即ち一つ」であり、「一つの埃の中でも、宇宙の全体が含まれている」（一中一切多中一、一即一切多即一、一微塵中含十方、一切塵中亦如是）とは、同体慈悲の道理を喚起させる。

こうした華厳仏教の因陀羅網の中で、すべての存在は仏性の主体である。それで、次のような詩的認識が可能となる。

暗い藪より黒く、漆の樹液より黒く、炭焼き釜の炭の塊よりも黒い犬は、おぼろ月夜にも輪郭をはっきりとさせ耳を立て、青い目を閃いて生きている。その不滅の力が放つ青い目つきと向き合いながら、どうして「犬には仏性*がない」と言えるだろうか。

(「黒い犬」(6:142) 全文)

[訳注] 仏性＝すべての生き物が生まれながらにもっている、仏となることのできる性質。仏心。覚性(かくしょう)。

詩の話者は「犬」の「仏性」を直視している。互いに作用し、循環し、融け合う重重無尽の法界縁起によって、森羅万象はそれぞれ中に閉ざされた個体でありながら、同時に宇宙的に開かれた霊性を持つ存在である。したがってすべての個体生命は「何でもないながらすべてである私」(「鏡と眼」11:49) という逆説的存在性を持つ。

そのため、崔勝鎬が「これは死の目録ではない」(9:11) において、山林庁「東江流域の山林生態系調査報告書」に登載された八百種余りの生命体の名前を呼ぶのは、そのすべてがそれぞれ「仏性」を持つ因陀羅網の構成体だという点を強調していると思われる。だとすれば、このような同体慈悲の宇宙共同体的世界観が、自身の具体的な生活世界として現われるときには、いったいどのような姿になるのだろうか。次の詩篇は、その問いに対する答えを示唆している。

水は低い所に向かっていながら、ワニにも自身を与え、水中の太っちょカバとミジンコにも自身を与える。憎さ可愛さは別にして、惜しみなく自分を与えるのである。そんな水のように、自分が最も低い者であることを望みながら、謙遜と大きな愛で生きていった人がいる。まさに聖フランシスコ*が、その人である。彼は無所有で自分を清め、至極の清貧による軽さで天に昇った。まるで、水が流れながら途中で霧として昇るように。しかし、彼の清貧さは物から離れた水以外のことだから、水玉よりはるかに清くて軽かったかもしれない。私は彼が究極的には、自身が最も低い者であることを願ったことさえ、捨てたのだと思う。そうして、聖フランシスコは自分自身を徹底的に空にした者となり、彼が神と呼んでいた絶対的存在と一つになったのである。

〔訳注〕＊聖フランシスコ＝一一八二～一二二六年、フランシスコ会の創設者として知られるカトリック修道士。悔悛と神の国を説いた、中世イタリアにおける最も著名な聖人のひとりであり、カ

トリック教会と聖公会で崇敬される。シエナのカタリナとともにイタリアの守護聖人。

（「水に似た人」（6:172）全文）

老子が道徳経で喝破した上善若水が思い浮かぶ。水はいかに高いところから注いでも、最も低いところに流れ、自身のすべてを与える。水が自身を与える対象には「憎さ可愛さ」の分別がない。それゆえ、水は聖者の表象である。聖フランシスコの生はまさに、水のようだった。「所有」を捨て（無所有）、「物」から離れ、遂に「最も低い者になるという望みさえ捨てた」のだ。それで、彼は「水玉よりはるかに清くて軽かった」のである。「自分自身を徹底的に空にした者」になった。これは、すなわち「死の向こうの／私の生まれる前の故郷〃何もなく／何も望まないまま／何も知らず何事もなかった／私〃その無一物の故郷に」（「何事もなかった私」11:63）帰ったことを意味する。そして、この「無所有」と「無一物」の実践は、まさに「神と呼んでいた絶対的存在と一つになること」を指す。

これは「無所有」を実践し、「物から離れ」「最も低い者であることを実践する」生を生きていく時、人間も自分自身の内面の「仏性」（「黒い犬」）を回復できるということを示している。このような境地では「天地と私は同じ根を持っており、万物と私は一体」（天地與我同根萬物與我一體）という認識が生活の哲学として根付いている。ここに至ると、自然を支配し征服することを人類進歩の大長征として認識する近代の産業文明の人間中心主義が染み込むはずがない。崔勝鎬の詩の世界は、苦の流転縁起の存在性を超克しつつ、同時に生態的な想像力の哲学的原理を定立させたのである。

## 6　結論

崔勝鎬の詩的な生が展開された過程を、仏教の四聖諦の教理に即して眺望し、それとともに苦諦・集諦の業障を超克する滅諦・道諦に向かう方法論が、縁起－空－慈悲の仏教生態的世界観に相応するという点を具体的に論じてみた。崔勝鎬の詩の世界は、「吹雪軍団」の挟み撃ちで監禁された「ミソサザイ」の肖像にあたる個人的実存と、世俗都市の無限の欲望の塊によって監禁された社会的実存の苦痛に満ちた実相（苦諦）に関する原因を、欲望の無限増殖（集諦）から求めている。そしてこれを超克する新生の方法論によって、空の世界観を内面化し（滅諦）、それを実現（道諦）していく。

一方、縁起－空－慈悲の基本的な仏教の教理は、相互依存性－非実体性－相互尊重性の生態哲学として定立され、崔勝鎬を代表的な生態詩人として位置づけるきっかけとして作用している。彼の詩の世界で「壊疸」「無一物」「空」は、ニヒリズムではなく、相互依存と尊重の因陀羅網を開いておく積極的なきっかけとなる。したがって、彼の詩の世界においてすべての事物は個体であり、同時に宇宙的総体としての意味を持つ。この時、すべての個体は宇宙生命としての尊敬の対象であり、仏性を持った神聖な存在性として認識される。ここには、分別、差別、執着、貪欲、支配、抑圧などの近代産業文明の主体中心的な思考が入り込む余地はない。
崔勝鎬の詩の世界で仏教的な想像力は、個人的、社会的実存の二重の苦痛から自己を救う方法論でありながら、同時に宇宙共同体的世界観に基づいた生態的認識の自覚と実践の哲学的方法論としても作用している。

**洪容憙**（ホン・ヨンヒ）
一九六七年生まれ。文芸評論家。慶熙大学国語国文学科および同大学大学院修士、博士課程卒業。九五年、「中央日報新春文藝」で評論が当選し文壇デビュー。評論集『花と闇の散調』『美しい欠乏の神話』『大地の文法と詩的想像』『現代詩の精神と感覚』『韓国文化の芸術的想像力』『統一時代と北朝鮮の文学』など。学術書『金芝河文学研究』など。「若い評論家賞」「愛知文学賞」「詩と詩学賞」「金達鎮文学賞」「惟心作品賞」などを受賞。「詩作」「クルトォラ（Culture)」「詩人」編集委員。現在、慶熙サイバー大学メディア文芸創作科教授。

# 動く詩

韓成禮

崔勝鎬は、韓国戦後世代の詩人の中で代表的な詩人の一人である。韓国の主要な詩文学賞をほとんど受賞しており、現在の若い詩人たちに最も影響力をもつ詩人の一人でもある。

彼は初期の詩で現代文明の弊害と疎外、世俗的な現実と欲望といった問題を、偏執的と思われるほど熾烈に掘り下げ、『壊疽の夜』以降は、生と死、生成と消滅など、循環する流れの中で存在の根源を探求しつつ人間の内面世界を歌った。このように内面的世界と調和させながら、『グロテスク』以降は無心の世界に到達する。作品は鋭い面が出ていながらも、禅的な雰囲気に特色がある。

一方で彼は環境と生態に深く関心をもって、環境団体「環境連合」の発行する月刊誌の編集主幹として長く活動し、環境や生態関連の詩集も何冊か出版してきた。

未堂文学賞受賞時の感想として崔勝鎬は、「最近、詩の危機がよく取り沙汰されていますが、私の考えでは詩が芸術であることをやめた時、その時が詩の危機です。詩が貴重な言葉であることをやめた時、その時がまさに詩の危機です」と述べた。彼にとって、詩とは芸術自体であり世界のすべてであるのだ。彼の心の中深くには「芸術は永遠」という信念が堅固に存在するのだろう。

崔勝鎬の詩は読む人に合わせて動く。主に環境や生態についての詩ではあるが、芸術家に読ませると芸術の詩として読める。ある詩は仏教人が読むと仏教の詩として、クリスチャンが読むとキリスト教の詩として読める。これは彼がまさに「言霊」の力を信じ、言葉を信奉する言葉のシャーマンであればこそ可能になったことと思われる。

この詩集に掲載された六十五篇の作品は、崔勝鎬の詩文学賞の受賞作を中心に、現在まで出版された十四冊の詩集から万遍なく取り上げたことを明記しておく。

韓国現代詩人シリーズ二冊目のこの詩集が、日本の読者の皆様に広く愛されることを願って止まない。

**韓成禮**（ハン・ソンレ）

一九五五年生まれ。世宗大学日語日文学科卒業。同大学政策科学大学院国際地域学科日本専攻。八六年、詩と意識新人賞受賞で文壇デビュー。九四年、許蘭雪軒文学賞受賞。詩集に『実験室の美人』『柿色のチマ裾の空は』『光のドラマ』。鄭浩承日本語詩集『ソウルのイエス』、朴柱澤詩集『時間の瞳孔』ほか日本語翻訳書と、辻井喬『彷徨の季節の中で』、村上龍『限りなく透明に近いブルー』、東野圭吾『白銀ジャック』ほか韓国語翻訳書多数。

本書は大山文化財団の海外韓国文学研究支援事業の助成を受けた。

氷《こおり》の自叙伝《じじょでん》　崔勝鎬《チェ・スンホ》詩集《ししゅう》韓国現代詩人シリーズ②
著者
崔勝鎬《チェ・スンホ》
訳者
韓成禮《ハン・ソンレ》
発行者
小田久郎
発行所
株式会社思潮社
〒一六二―〇八四二　東京都新宿区市谷砂土原町三―十五
電話〇三（三二六七）八一五三（営業）・八一四一（編集）
FAX〇三（三二六七）八一四二
印刷・製本所
三報社印刷株式会社
発行日
二〇一三年七月一日